致謝

謝謝艾莉卡，

妳讓我和書變得更美好。

小麥田繪本館
Vi är lajon!
勇敢的獅子兄弟

作　　者	詹斯・麥特森 (Jens Mattsson)
繪　　者	珍妮・盧坎德 (Jenny Lucander)
譯　　者	陳靜芳
封面設計	翁秋燕
內頁編排	江宜蔚
責任編輯	蔡依帆
國際版權	吳玲緯
行　　銷	闕志勳 吳宇軒 余一霞
業　　務	李再星 李振東 陳美燕
總 編 輯	巫維珍
編輯總監	劉麗真
事業群總經理	謝至平
發 行 人	何飛鵬

出　　版　小麥田出版
115 台北市南港區昆陽街 16 號 4 樓
電話：(02)2500-0888　│　傳真：(02)2500-1951
發　　行　英屬蓋曼群島商家庭傳媒股份有限公司
城邦分公司
115 台北市南港區昆陽街 16 號 8 樓
網址：http://www.cite.com.tw
客服專線：(02)2500-7718　│　2500-7719
24 小時傳真專線：(02)2500-1990　│　2500-1991
服務時間：週一至週五 09:30-12:00　│　13:30-17:00
劃撥帳號：19863813　戶名：書虫股份有限公司
讀者服務信箱：service@readingclub.com.tw
香港發行所　城邦（香港）出版集團有限公司
香港九龍土瓜灣土瓜灣道 86 號順聯工業大廈 6 樓 A 室
電話：852-2508 6231
傳真：852-2578 9337

馬新發行所　城邦（馬新）出版集團 Cite(M) Sdn. Bhd
41-3, Jalan Radin Anum,
Bandar Baru Sri Petaling,
57000 Kuala Lumpur, Malaysia.
電話：+6(03) 9056 3833
傳真：+6(03) 9057 6622
讀者服務信箱：services@cite.my
麥田部落格　http://ryefield.pixnet.net
印　　刷　漾格科技股份有限公司
初　　版　2022 年 4 月
初版二刷　2024 年 4 月
售　　價　340 元
版權所有 翻印必究
ISBN 978-626-7000-37-3
本書若有缺頁、破損、裝訂錯誤，請寄回更換。

Text copyright © 2018 by Jens Mattsson
Illustrations copyright © 2018 by Jenny Lucander
First published in Swedish as Vi är lajon! copyright © 2018
by Natur & Kultur, Stockholm
Published in agreement with Koja Agency through Bardon-
Chinese Media Agency
Complex Chinese translation copyright © 2022 by Rye
Field Publications, a division of Cite Publishing Ltd.
ALL RIGHTS RESERVED.

城邦讀書花園
www.cite.com.tw
書店網址：www.cite.com.tw

國家圖書館出版品預行編目資料

勇敢的獅子兄弟 / 詹斯．麥特森 (Jens Mattsson) 著；珍妮．盧
坎德 (Jenny Lucander) 繪；陳靜芳譯 . -- 初版 . -- 臺北市：小麥
田出版：英屬蓋曼群島商家庭傳媒股份有限公司城邦分公司
發行，2022.04
　　面；　　公分 . -- (小麥田繪本館)
譯自：Vi är lajon!
ISBN　978-626-7000-37-3(精裝)

881.3599　　　　　　　　　　　　　　　111000400

進叢林，帶來生氣蓬勃，生病產生的各種身體、心理的不由自主，哥哥都在弟弟的陪伴裡得到暫時的脫離。故事最後，作者仍不忘體貼的埋下希望，相信再過一下下，就算枝頭的大鳥已遠離，大獅子和小獅子仍然會緊緊相隨。

想像力遊戲貫穿全書

整個故事以「遊戲」貫穿，文字的雲淡風輕，掩蓋不了箇中相依相伴的手足之情。看似是小孩平時在玩的想像力遊戲，卻是無法脫困時的支持；最單純的信念，成了最有力的依靠。被社會化的大人，在面對生活挫折時，擔心、責備、哭泣，在這最簡單的「遊戲」面前，反而顯得力有未逮。故事傳達的，不只是兄弟情感，還有一種人生的價值觀。

吼喲喲！準備好要一起玩嗎？！

親子共讀 part1　這樣讀

(1) 除了溫馨、充滿想像力的文字外，圖像的細節亦是本書精采的重點，留意眼神、姿態，或爸媽在做的事、家裡的擺設，雖然文字沒有說出來，也可以一起慢慢讀、感受它。

(2) 陪伴者在讀故事時，可以善用這本書的聲音，例如：吼喲喲！並加上一點點肢體動作，就可以讓這本書念讀起來更立體、鮮活，充滿趣味唷！

親子共讀 part2　這樣說

(1) 讀完故事，可以和孩子來一趟想像力大冒險，設定某一個場景（例如非洲大草原、海底世界），以接力的方式，天馬行空聊一聊會遇到什麼動物或做些什麼事。

(2) 陪伴者可延續故事，分享以「生病」為主題的相關知識或想法，例如：為什麼需要抽血、打針、掉頭髮……，或該如何照顧生病的人呢？例如：餵藥、敷毛巾……等等，邀請孩子也想一想，如果小玩偶生病了，要怎麼照顧它呢？它可能會需要什麼呢？

親子共讀 part3　這樣玩

(1) 可以賦予家裡有手足的孩子一個任務（例如尋寶遊戲），讓孩子們可相互討論、解決，以遊戲建立手足間的默契唷！

(2) 角色扮演的遊戲，例如：醫生和病人，來試著體會照顧別人與被照顧的感覺。

(3) 繪本裡有很多居家的空間擺設，圖像視角常以俯視的方式呈現，可以和孩子一起拿張空白的圖畫紙，試著把家裡的空間環境畫下來，也是很好的觀察力練習呢！

一起試試看吧！

獅子兄弟，衝啊！
因為有你，
再困難也不怕

陳櫻慧 童書作家暨思多力親子成長團隊召集人

在充滿挫折困難的世界，保有幽默是最有力的陪伴與希望。

「吼喲喲！」

兄弟張大的嘴巴，有寫實與漫畫的獨特風格，齜牙咧嘴的模樣，像是真的獅子那般，面對叢林之王應該是該害怕，但看著看著愈發感覺逗趣可愛。《勇敢的獅子兄弟》以孩子的視角，帶讀者一起進入遊戲，我們是並肩作戰的獅群，在非洲草原上追捕羚羊和牛羚；和諧的色調畫面點綴著對比，小獅子跟在大獅子後面，亦步亦趨，彷彿呈現了小心翼翼的安靜，還有遊戲潛藏的冒險與心跳聲。隨著大獅子身體不太舒服，原本溫馨和諧的家庭出現變化，不論是爸媽焦急打電話，或是慌張出門的各種神情樣態，都為故事帶來波瀾，情節中看似是小獅子阻止爸爸帶哥哥就醫的吵鬧，實則傳達了手足之間彼此的依賴。

兄弟姊妹間獨特的情感

一起遊戲、一起冒險，有時戲弄一下對方，但心裡又黏膩得不得了。兄弟姊妹間就是如此奧妙，畫風筆觸的淡雅，透過圖像呈現的肢體行為、細微表情，像流水般溫婉有力的刻畫這份情感。當故事觸及「生病」這件事，是如此娓娓的輕聲道來，即使背後有千斤重，但文字和圖像的力道卻是溫柔；場景隨著情節開展，陸續出現不屬於草原的紅十字、輪椅、醫藥箱等元素，哥哥心裡的那隻獅子依然存在，可能多了些柵欄、可能少了點奔跑，但弟弟帶來的遊戲，總是令人雀躍，就算再沒有力氣，大獅子還是不忘「吼喲喲」一聲。因為遊戲，從現實到想像、從病房走

《勇敢的獅子兄弟》導讀專刊

繪本溫柔的療癒力量，
帶你一同面對
難解的生命課題

吳淑娟 羅東博愛醫院新生兒科主任／臺灣醫起育兒愛閱協會理事長

看著最親愛的家人在眼前逐漸失去生命力，我們該如何面對「不在了」這個不知道如何接受的事實？

當孩子必須與病魔奮戰時，大人的作法可能就是小心翼翼保護著病童，安慰孩子為了戰勝病魔必須要安靜休養、配合治療，卻忘了孩子無法像大人一樣接受生病得躺在病床、接受治療的事實，孩子仍希望可以如往常一樣，快樂的出去玩耍。若家中有其他手足，大人雖然會盡量跟他們說明，但往往也會再三叮嚀不要去打擾病童，卻忽略他們也會有面對失去兄弟姊妹的傷心，以及對疾病和死亡不理解的害怕情緒。

繪本協助孩子抒發情緒

看著最親愛的家人在眼前逐漸失去生命力，孩子該如何面對「不在了」這個不知道如何接受的事實？抑或是

說，我們大人要如何協助孩子度過難關？如果孩子的情緒沒有得到適當的理解和抒發，也許會造成日後成長過程中的困擾。

對於一些難解的教養課題，我經常推薦家長朋友先閱讀繪本，因為繪本神奇之處是，雖然好像是說給孩子聽的故事，卻讓大人在故事中更了解自己和孩子。二○二一年七月，醫院安寧病房成立十週年，我將自己非常喜愛的繪本提供給安寧病房，作為這次十週年系列回顧活動的序幕曲 ── 安寧繪本展。當時我以對安寧照護和生命課題的理解，將書展內容分成五個小主題：「勿忘我」、「好好說再見」、「用記得走過悲傷」、「愛永遠不會被遺忘」、「且讓生死兩相安」，希望藉由這五個安寧課題，將大家不太提、不願提，但最終仍得面對的沉重課題，透過繪本裡的文字和圖像，溫柔的療癒著每顆需要安撫的心，也讓更多人認識安寧照護的意義。《勇敢的獅子兄弟》就融合了當初為安寧書展訂的幾個小主題。

從孩子的角度出發

《勇敢的獅子兄弟》完全從孩子的角度出發，以弟弟為第一人稱，述說著哥哥從健康到生病，及住院治療的過程，一個幼童是如何去理解以及面對這件事情。而繪本的圖像視覺以俯瞰的角度呈現，讓讀者彷彿置身在劇場之中，跟隨著弟弟一起經歷這段人生劇場。但不同於其他生命課題的繪本，《勇敢的獅子兄弟》劇情沒有衝擊內心的悲傷文字，沒有按捺淚水的安慰畫面，也沒有憤怒失落的哀傷情節，畫風不僅不灰暗，還帶著熱帶森林風。而孩子活潑有趣的想像力，穿插在幾幕大人心力交瘁的悲傷之中，讓大人讀者理解到面對生命課題的難關時，孩子也有自己的看法。

弟弟的行為看起來也許幼稚不懂事，但其實弟弟是最能同理哥哥想恢復健康的願望，於是弟弟以自己的方式陪伴著哥哥。而這陪伴的過程對兄弟倆非常重要，一方面讓哥哥有機會再度像個健康的孩子一樣去冒險，完成願望，未來弟弟也能成為可以協助和理解孩子面對各種悲傷難關的大人！

有時，時間和陪伴是最好的療癒藥物

我們的成長教育中，原本較少觸及到生離死別的生命議題。很多大人過往經歷的情緒，可能並沒有得到抒解，只是暫時壓抑，而這類生命議題相關的繪本就非常適合大人閱讀，透過繪本的故事和圖像情景，讓我們有機會靜下心來與自己對話，療癒過去未被理解的感受，更可以在閱讀中自我領悟生命道理，讓未來的我們可以安然面對離別的情景。然後，我們大人就有能力協助孩子。

這些繪本也很適合朗讀給已經經歷或正在經歷相同心情的孩子聽，當大人朗讀完故事，不急著「討論」，單純擁抱孩子靜靜的陪伴，給孩子時間去感受被同理、被理解，再視情況引導孩子將情緒抒發出來。若孩子不願意說出來也沒有關係，當情緒和感受被理解後，有時，時間和陪伴是最好的療癒藥物。

Vi är lajon!

勇敢的
獅子兄弟

詹斯·麥特森 Jens Mattsson　著

珍妮·盧坎德 Jenny Lucander　繪

陳靜芳　譯

我是一隻獅子，我的哥哥也是。「吼喲喲！」

我們兄弟倆是並肩作戰的獅群。
我們追趕捕捉非洲草原上的羚羊和牛羚。
追上牠們之後，就把牠們吃光光。
因為我們凶猛無比。

打ㄉㄚˇ獵ㄌㄧㄝˋ時ㄕˊ，　我ㄨㄛˇ們ㄇㄣˊ會ㄏㄨㄟˋ無ㄨˊ聲ㄕㄥ無ㄨˊ息ㄒㄧˊ的ㄉㄜ˙偷ㄊㄡ偷ㄊㄡ接ㄐㄧㄝ近ㄐㄧㄣˋ獵ㄌㄧㄝˋ物ㄨˋ。
羚ㄌㄧㄥˊ羊ㄧㄤˊ媽ㄇㄚ媽ㄇㄚ˙和ㄏㄢˋ牛ㄋㄧㄡˊ羚ㄌㄧㄥˊ爸ㄅㄚˋ爸ㄅㄚ˙完ㄨㄢˊ全ㄑㄩㄢˊ沒ㄇㄟˊ發ㄈㄚ現ㄒㄧㄢˋ。
不ㄅㄨˋ過ㄍㄨㄛˋ呢ㄋㄜ˙，　有ㄧㄡˇ時ㄕˊ候ㄏㄡˋ我ㄨㄛˇ們ㄇㄣˊ獅ㄕ子ㄗ˙兄ㄒㄩㄥ弟ㄉㄧˋ倆ㄌㄧㄤˇ光ㄍㄨㄤ是ㄕˋ躺ㄊㄤˇ成ㄔㄥˊ一ㄧˋ團ㄊㄨㄢˊ，
懶ㄌㄢˇ洋ㄧㄤˊ洋ㄧㄤˊ的ㄉㄜ˙什ㄕㄣˊ麼ㄇㄜ˙事ㄕˋ也ㄧㄝˇ不ㄅㄨˋ做ㄗㄨㄛˋ。

有一天，
我的哥哥不想在非洲草原上奔跑。
他肚子痛。

我罵他是笨蛋牛羚，
但是他連吼都不吼，
光是嗚嗚低喊著。
真是不好玩。

哥哥得去看醫生。
我告訴爸爸，獅子應該去看獸醫才對啊，
但是爸爸根本不聽我的話。
媽媽要我和她一起坐在沙發上好好談談。
哼，獅子才不要好好談談呢。

到了晚上，哥哥告訴我，
他打了一針。
而且醫生還抽了
他的一點點血。

獅子王

我施展各種獅子絕活，想逗哥哥開心。
我發出低聲咆哮、威猛獅吼，
接著一陣張牙舞爪。
在哥哥的床上練習各種攻擊招式。

哥哥去看了好多次醫生，而且需要吃藥。
後來他甚至得住院，但是幸好，我可以去看他。
媽媽說，藥會讓哥哥好起來，
可是他的獅毛會脫落。

哥哥的病床有升降器和柵欄圍著，
就像在動物園一樣。
不過， 他在圍籠裡並不孤單。
小雷龍、 小鹿斑比、
小毯毯和小毛絨都陪著他。
還有森林之王小麋鹿也在。

媽媽和爸爸要我乖乖和他們坐在一起，
不要打擾別人或搗亂。
媽媽、爸爸和醫生都叫我
不能胡來，但是我明明是
萬獸之王獅子，怎麼能不
去打獵或發出獅吼呢？
所以，我就偷偷跑進廁所，
發出一陣獅吼，
然後把水濺了一地。

哥哥也發出獅吼，
只不過比較虛弱點。
「吼喲……」
萬獸之王獅子
才不願意被一堆
管子和線困住。

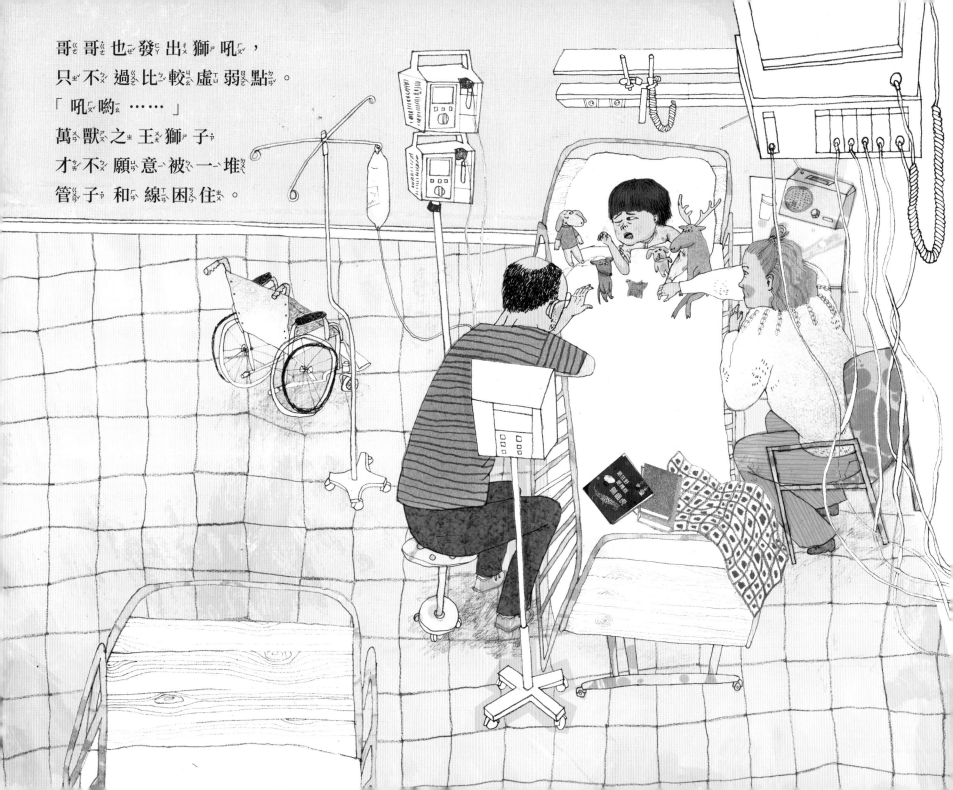

羚羊媽媽去上班之後，　我們兄弟倆就假裝安靜好久好久，
久到牛羚爸爸在椅子上睡著了。
然後我幫忙哥哥攀爬翻過圍欄，　讓他坐在輪椅上，
推他到外面的走廊。

往非洲草原前進！
我們要追趕捕捉那些年老的動物、
那些動作慢逃不了的動物，
然後把牠們全部吃光光。
這就是萬獸之王獅子的本色。

在一個水源地旁邊，
我們追趕上一隻推著助行器的歐巴桑斑馬。
我們向牠露出凶猛的獅牙時，
牠卻只是笑呵呵。

接著我們捕捉到一隻穿著睡衣、
頭上纏繃帶的老頭子河馬。
我們發出雷霆獅吼，將牠撕成好幾塊，
嚇得牠哀號連連。

還是河馬好，牠們才真正懂得害怕呢。

這下子全部的人都追上來了，
但是誰都阻擋不了萬獸之王打獵。
後來，哥哥的點滴瓶繩子不巧卡在門把上。
於是探險之旅就這樣結束，
我們被圍困住了。

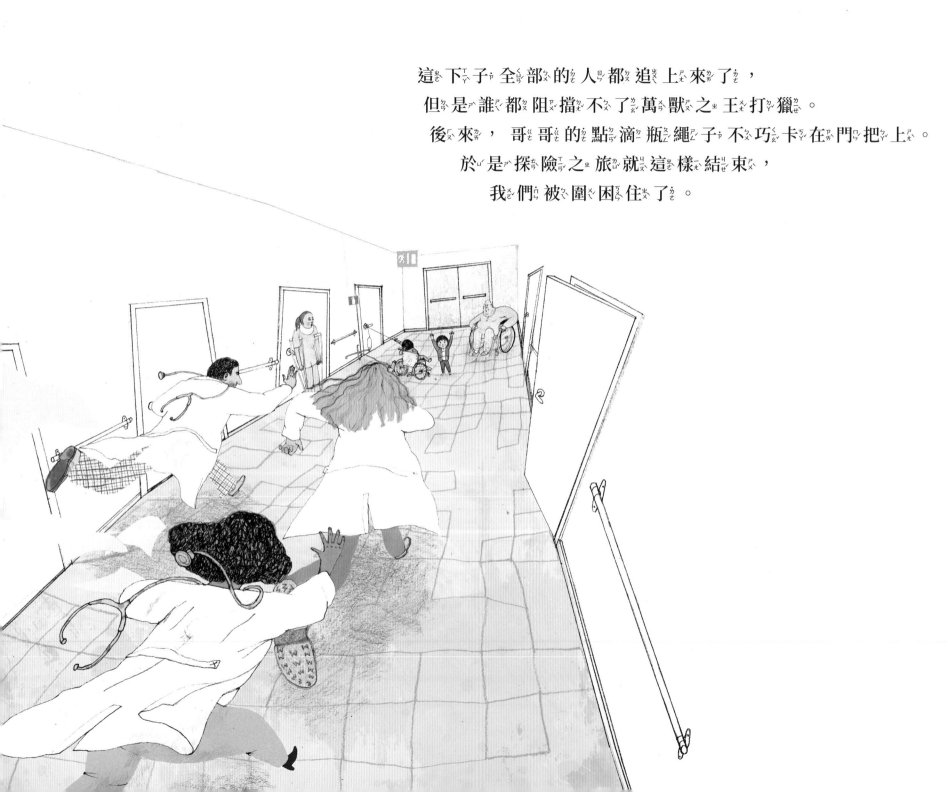

爸爸的聲音聽起來在生氣，
但是他緊緊擁抱著我們。
他喊我們是兩個愛搗蛋的孩子。
我說我們是兩隻愛搗蛋的獅子才對。
可是哥哥沒聽見，他已經睡著了。

現在哥哥的獅毛幾乎都已經掉光了。

他看起來像是外公。

可是，至少他的牙齒都還在，如果有人拿藥餵他，

他仍然可以齜牙咧嘴發出不滿的低吼。

我告訴他我在幼兒園的事。

我告訴他，小朋友沒有人懂得打獵，

他們都做錯了。

哥哥完全懂我的意思，而且讓我吃他整份的飯後甜點，

明明是巧克力布丁吧。

他還讓我打開奶奶和外公帶來的糖果。

外面好冷， 可是屋內很暖和。
媽媽卻顫抖著， 好像覺得很冷。
爸爸忙著整理花， 可是花明明本來就擺得很好看。

獅子不能哭。 可是牠們有時候會覺得渺小、 孤單，
而且思念自己的獅群。

大人允許我爬過圍欄， 躺在哥哥的旁邊。
媽媽和爸爸握著彼此的爪子。
我用手指假裝成爪子朝哥哥的手臂進攻，
而且低吼咆哮。
哥哥在我耳邊輕聲說著： 「 我們是小獅王。 」
我點點頭。
很快的， 我們就又可以一起去打獵了。